Les aventures de Simone

« Le vélo »

Roman policier

© Isabelle B-C 2022
Édition : BoD – Books on Demand,
Impression : BoD - Books on Demand, Norderstedt,
Allemagne
ISBN: 978-2-322-41927-2
Dépôt légal : Mai 2022

Chapitre 1

Dimanche Après-midi, tous les habitants sont réunis pour la fête des policiers dans le village de Saint-Ciers-sur-Bonnieure. S'y trouve des stands de jeux, une buvette, de la musique et des stands où les habitants ont donné des objets ou vêtements pour une vente de charité afin d'aider les agriculteurs.

Simone et Archibald se promènent dans la fête. Lorsque cette dernière arriva vers le stand de vélos.

« Archibald, j'ai besoin d'un vélo. Je ne suis pas véhiculée et pour me promener ou venir chez toi prendre un café se serait mieux » fit Simone.

« Simone ! Regarde, ils sont tous abîmés et vieux. Il va te falloir un bon réparateur pour pouvoir t'en servir. »

« Tu es un ancien garagiste Archibald, tu pourrais me le rafraîchir ? Et il faut être solidaire avec les agriculteurs. »

« Réparer une voiture et un vélo ce n'est pas du tout pareil Simone, mais je t'aiderai. »

« Allez viens, approchons. »

Simone et Archibald s'avancèrent. Denis, le brocanteur tenait le stand :

« Bonjour Denis, comment allez-vous ? »

« Simone, Archibald ! Content de vous voir, je vais bien merci et vous ? »

« Ca va ! C'est une très belle fête que nous a préparé la Police cette année, ajouta Simone. J'ai besoin d'un vélo et celui-ci ne me parait pas trop mal. Il y a deux sacoches à l'arrière de chaque côté pour y transporter tout ce dont j'ai besoin. »

« Très bon choix Simone, il est un peu vieillot, il faut changer les chambres à air et réviser les freins mais je peux vous le faire ! »

« Merci Denis mais Archibald s'est déjà proposé ! »

Etonné, Archibald regarda Simone et lui dit :

« Si Denis te le propose, accepte Simone. »

« Non, Denis a assez à faire comme ça. Quel est son prix ? »

« Cette année, nous laissons les habitants verser ce qu'ils souhaitent et ce n'est pas moi qui prends l'argent Simone, c'est Marius. C'est lui qui devait tenir le stand d'ailleurs mais personne ne le trouve, je ne suis ici que provisoirement. Allez directement à son magasin de vélos, avec un peu de chance il y est. »

« Bien merci Denis, je le ferai. Pourriez-vous me le ramener demain à la maison ? »

« Bien sûr Simone, en fin de matinée, ça vous irait ? »

« Parfait, à demain Denis. »

Simone et Archibald décidèrent de poursuivre leur promenade dans la fête. En avançant, ils y rencontrent Emilien, le fils de Simone.

« Maman, comment vas-tu et comment trouves-tu la fête cette année ? »

« Magnifique mon fils, il y a du monde et je suis convaincue que la récolte de dons sera bonne. »

« Nous l'espérons, les agriculteurs en ont vraiment besoin. Pour la plupart, les pluies de cette année ont été douloureuses pour leurs récoltes. »

« Je suis fière de toi, tu es le chef de la Police et en plus tu aides les agriculteurs. Si à l'époque on avait pu aider ton père dans ses moments difficiles !!! »

« Maman c'est aussi à lui que je pense en faisant cela. »

« Nous allons continuer de nous balader » ajouta Simone.

Simone et Archibald poursuivirent leur route lorsqu'Archibald aperçut au loin Georgette, la bibliothécaire.

Regarde Simone, Georgette est là aussi, allons la saluer ! »

« Oh non ! Regarde a's mouche pas avec un dail ! »[1]

« Tu ne veux pas me dire pourquoi tu as autant de mépris pour elle ? »

« Ecoutes, vas la saluer, moi je vais voir Marius dans son magasin pour lui payer le vélo, il est à dix minutes à pied. »

Georgette aperçut Archibald et Simone au loin et fortement s'écria :

« Coucou les amis !!! »

« Oh non, pas cette Thiau fumelle ![2] Je pars, on se rejoint au magasin de Marius. »

Baissant la tête en soufflant, Archibald avança vers Georgette pour la saluer.

« Je vois que Simone continue à filer comme une anguille » répliqua Georgette.

---

[1] *a's mouche pas avec un dail* : Elle est bien fière
[2] *cette Thiau fumelle* : cette vieille mégère

Je ne sais pas ce qu'il s'est passé entre vous deux mais visiblement quelque chose d'assez important pour que Simone parte » ajouta Archibald.

« Je ne pourrai pas te dire Archibald car moi-même je n'en sais rien. »

« Je vais essayer de parler avec Simone, ce problème ne peux plus continuer. »

Après une courte conversation ils se quittèrent et Archibald alla rejoindre Simone chez Marius.

Simone était arrivée au magasin de vélo, et entra :

« Bonjour Marius comment allez-vous ? »

« Simone, c'est bien la première fois que je vous vois ici ! »

« Oui Marius, je suis venue vous payer un vélo que je viens d'acheter à la fête. »

« Lequel ? »

« Celui avec les deux sacoches arrières rouge. »

« Ah oui je vois. Pour le paiement, il faut aller voir Henri. »

« Henri ? Le conseiller de la banque ? »

« Oui, nous avons une seule agence bancaire dans le village et trois conseillers. Il fallait que je prenne un comptable pour le magasin et j'ai demandé à Henri s'il pouvait le devenir. Après tout c'est lui qui gère mes comptes, c'est plus simple et il a accepté. Il se trouve actuellement dans le bureau au fond du magasin, vous pouvez aller le voir et lui remettre 50 euros, c'est le prix du vélo. »

« Je croyais que l'on pouvait donner ce que l'on voulait ? »

« Disons qu'il faut que ce soit rentable aussi, c'est pour les agriculteurs Simone !!!! »

« Pas de souci Marius, j'y vais de ce pas, merci. »

Simone arriva dans le bureau au fond du magasin, la porte était entrouverte, elle toqua doucement :

Bonjour monsieur Henri !

« Simone, appelez-moi Henri tout court, que puis-je faire pour vous ? »

« Je viens d'acheter un vélo et Marius me dit que c'est à vous que je dois remettre le règlement. »

« C'est exact Simone. »

« Je peux vous transmettre un chèque de 50 euros ? »

« Bien sûr, je vais vous faire un reçu. Pas la peine de mettre l'ordre, j'y mettrai le tampon. » Pendant que Simone attendait son reçu elle regarda le bureau d'Henri.

« Quelle jolie photo et quelle belle femme ? »

« Oui, il s'agit de ma fiancée, Margot. J'aimerai la demander en mariage, je suis éperdument amoureux d'elle, sa photo ne quitte jamais ce bureau et je peux la contempler à chaque fois que je suis présent. »

« Nous ne l'avons jamais vu dans le village ? »

« C'est vrai Simone, elle habite Paris et je fais des allers-retours pour la voir. »

« Je vous souhaite que du bonheur alors, si mon fils pouvait enfin trouver la femme de sa vie mais ce n'est pas pour demain. »

Tous deux rigolèrent, Simone prit son reçu et s'en alla. En sortant, se trouvait Archibald qui l'avait rejoint.

« C'est fait Archibald, c'est payé. Je vois que tu ne t'es pas attardé avec Georgette ? »

« Dis donc, tu ne voudrais pas me raconter ce qu'il s'est passé entre vous deux ? »

« Rien du tout Archibald, on rentre ? »

Sans insister et faisant mine d'être déçu Archibald répondu simplement :

« Allons-y, je te ramène. »

Chapitre 2

Le lendemain, Denis amena le vélo à Simone, Archibald était présent car il devait le réparer. Simone essaie d'ouvrir la sacoche de droite mais la fermeture éclair est coincée.

« Archibald pourrais-tu essayer de l'ouvrir, je crois bien que c'est coincé ! »

Archibald essaie et fini par y arriver, mais ce qui bloquait la fermeture éclair de la sacoche n'était autre qu'une lettre.

« Tiens une lettre ! » dit Simone.

« Ouvre-la » dit Archibald.

« Non elle est encore cachetée, tamponnée par La Poste et elle date du mois précédent, le 25 juillet 1996 et elle est destinée à Léon, l'adjoint d'Emilien. »

« Que vas-tu faire ? » lui demanda Archibald.

« Le lui apporter répond-elle. En attendant réparons ce vélo que je puisse rendre visite à mon fils et aux amis du village. »

Archibald se mit au travail et une heure après le vélo était comme neuf.

« Tu ne sais pas Archibald, je passerai te voir dans l'après-midi après être passée chez Léon. »

« En voilà une bonne idée, je t'attendrai Simone. »

« Après l'effort, le réconfort, un remontant Archibald ? »

« Pourquoi pas. »

« Je vais t'offrir un p'tit pineau de chez moi qui me reste de l'année dernière. »

Il faisait 30 degrés, les deux amis se mirent à table dans la cour de la ferme de Simone, qui se trouvait dans le lieu-dit « le Chênet », pour boire un bon verre et parler des vendanges que Simone doit s'apprêter à faire.

« On est beun'aise »[3] dit Archibald assis confortablement dans un fauteuil dans la cour.

« La semaine prochaine les vendanges commencent, il va me falloir du monde dans les vignes » rappela Simone.

« Je serai là comme tous les ans Simone et les habitants aussi, ne t'inquiète pas. Pourquoi tu n'arrêtes pas de produire du pineau ? Tu as 70 ans, retraitée, il est grand temps de te reposer ? »

« Mon mari Marcel était viticulteur et a travaillé toute sa vie dans ses vignes » raconta Simone en regardant tous ses hectares de champs à perte de vue. « C'était important pour lui, je lui ai promis avant qu'il nous quitte de continuer ce qu'il a accompli avec les traditions mais pour mon compte personnel. »

---

[3] *Beun'aise : heureux/à l'aise*

En effet Simone poursuivait les vendanges et produisait du pineau. Il est obtenu par mélange de moût, obtenue par pressurage du raisin, et d'eau de vie. Même si ce n'était pas le pineau qui correspondait au cahier des charges avec une AOP comme le faisait son mari Marcel, mais plutôt une sorte de liqueur se rapprochant du pineau, elle continuait à en produire pour son compte personnel et surtout tenir la parole faite à son mari Marcel avant de décéder.

Archibald lui dit : « Cette année je ne pourrai plus faire le foulage Simone, je suis trop vieux pour ça. »

« Je sais Archibald, moi aussi. L'arthrose, les rhumatismes ne me le permettent plus mais nous avons nos jeunes, mon fils Emilien, le tien Théo et les jeunes villageois. »

Simone continuait les traditions, elle effectuait le foulage en écrasant le raisin à la main puis avec les pieds dans une cuve de bois que son mari avait gardé de ses parents.

« Il te reste des bouteilles encore ? » demanda Archibald

« Oui viens voir. »

Pour voir le liquide, les deux amis ont traversé la cour et poussé la porte d'une ancienne écurie reconvertie en débarras. « Tu en veux ? »

« Je veux bien Simone, je n'en ai plus. »

Simone tendit plusieurs bouteilles à Archibald et rajouta :

« Je compte en donner aux villageois qui viendront m'aider pour les vignes pour les remercier. »

« Très bonne idée, ils seront ravis. Merci Simone. Bon, allez, il est temps de rentrer, je t'attends ce tantôt pour le café ? »

« Entendu, je passe voir Léon à Villars et je viens après. »

Villars était un lieu-dit de la commune de Saint-Ciers-sur-Bonnieure.

Archibald parti dans sa 2cv quant à Simone elle prépara son repas du midi.

14h00 arriva et Simone pris son vélo pour aller chez Léon lui remettre la lettre qu'elle avait découverte dans la sacoche. Habillée d'une robe cuisine verte à petit pois rouge jusqu'aux genoux, qui n'était ni élastique ni large, Simone leva sa robe jusqu'aux cuisses pour ne pas être gênée en pédalant, on y voyait ses bas de contentions marron et ses cuisses. La tenue vestimentaire n'était pas idéale mais Simone n'y prêtait pas attention. Elle prit les chemins de campagnes encore terreux, salua de la main les agriculteurs qui travaillaient dans leurs champs et qui étaient ravis de la contempler. Il lui fallut 15 minutes pour arriver à Villars.

Elle arriva devant chez Léon et sonna. La porte s'ouvrit :

« Bonjour Simone, quelle surprise ! »

« Bonjour Léon, je le suis d'autant plus car je pensais voir Louise et vous au travail en compagnie de mon fils. »

« Elle n'est pas là, elle est partie au supermarché faire quelques provisions et j'ai pris mon après-midi. »

Ça tombe bien c'est vous que je venais voir. J'ai acheté ce vélo à la vente de charité de la fête des policiers et dans l'une des sacoches se trouvaient une lettre qui vous était destinée. »

Surpris Léon prit la lettre et regarda la date.

« Juillet 96 s'étonna-t-il, mais cela fait un mois déjà. Elle est encore fermée, je vais l'ouvrir espérant que ce ne soit pas quelque chose d'important. »

Il ouvrit la lettre devant Simone et s'écria :

« Quoi ? Aille donc ! »[4]

« Un problème ? » répondit Simone.

« Non Simone, une facture que j'aurais dû payer et qui va m'engendrer des frais maintenant. »

« Très bien, je vais vous laisser j'ai tant à faire. »

« Merci Simone, à bientôt. »

---

[4] *Aille donc : ce n'est pas possible*

Simone remonta à vélo dans les mêmes conditions que la première fois, robe cuisine levée jusqu'aux cuisses et se dirigea vers le lieu-dit « Le Breuil » ou vivait Archibald pour prendre le café. Pendant ce temps Léon décida de rejoindre sa femme Louise au supermarché. Léon, garé sur le parking, resta dans son véhicule. Sa femme sortie, remplie de sacs plein les bras et à ses côtés se trouvait Jean, le stagiaire de la Police. Il les regarda et aperçu Jean porter ses sacs et l'accompagner. Ils rigolèrent tous les deux, ce qui provoqua l'énervement de Léon qui sorti de son véhicule pour s'approcher d'eux.

« Toi ! Rentre dans la voiture et à la maison » en s'adressant à sa femme Louise.

« Mais Léon, que fais-tu ici et pourquoi me parles-tu comme ça ? » s'écria Louise.

 « Je te dis de rentrer », en l'agrippant par le bras et la faisant monter dans sa voiture, « quant à toi Jean, dégages de là. »

« Mais qu'est-ce-qui te prends ? »

JE TE DIS DE DE-GA-GER, tu n'as pas compris ? »

« Mais que t'imagines-tu ? Tu es cinglé ? » cria Jean.

« Tu ne t'approches plus d'elle, sale con » lui rétorqua Léon en lui mettant un coup de poing dans la figure et faisant tomber la poche de course que Jean tenait. Le white spirit, la colle, le liquide vaisselle roulaient sur le sol. Enervé et ne comprenant pas cet excès de colère, Jean se rebiffa et une bagarre éclata entre les deux hommes. Pris par la peur Louise s'en alla. Séparés par les agents de sécurité, les deux hommes montèrent dans leurs véhicules respectifs et partirent chacun de leur côté.

Dix minutes plus tard, Simone était arrivée chez Archibald et découvrit sa maison qu'elle n'avait pas vue depuis le décès de son mari. Une grande cour arborée d'arbustes, de fleurs, d'une allée remplie de petit cailloux blanc et la maison au bout de cette cour. Elle sonna, Archibald ouvrit la porte.

« Simone tu es arrivée sans encombres ? Ça me fait plaisir que tu viennes enfin chez moi, entres. »

« Ben ! vin diou, que c'est beau ! Tes extérieurs sont magnifiques et l'intérieur, ces murs en pierres avec ces poutres, cette cheminée, splendide. »

Simone s'approcha de la baie vitrée. « Ce terrain, ce gazon bien tondu, bien vert, c'est superbe. »

« J'ai souhaité entretenir cette maison, ce terrain, pour Ginette qui adorait les fleurs, la nature. Cette bâtisse avec ces vieilles pierres, elle avait tout décoré, elle avait planté ces arbres, ces plantes……. »

« Je te comprends, elle te manque ? » dit Simone.

« Oui, tout comme ton Marcel » répliqua Archibald.

Ginette la femme d'Archibald était décédée d'un cancer. Il avait eu beaucoup de mal à admettre cette douloureuse épreuve mais avait fini par l'accepter en entretenant le jardin tel qu'elle l'avait laissé.

« Allez, viens sous le patio j'ai fait du café et j'y aie rajouté une petite part de tarte ainsi qu'une petite eau de vie. »

Les deux amis s'assirent et prirent leurs cafés.

« Alors tu es allez chez Léon ? Et ce vélo fonctionne bien ? »

« Oui, très bien. Je me sens enfin indépendante et je revis, c'est merveilleux. Ce vélo va beaucoup m'apporter, quant à Léon c'est lui-même qui m'a répondu, il avait pris son après-midi, j'ai pu lui remettre la lettre. Il a été surpris au début et après l'ouverture, il était étonné, voir même abattu. »

« Il t'a dit ce qu'elle contenait ? »

« Une facture impayée, mais je n'y crois pas trop. »

« Ne mets surtout pas ton nez là-dedans Simone. »

« Oh non, pas cette fois-ci. »

Les deux amis continuèrent à parler lorsque Simone se leva et informa Archibald de son départ.

« Je vais aller voir Emilien ! »

« A Val-de-Bonnieure ? »

« Oui et plus précisément au lieu-dit de Sainte-Colombe. J'y allais avec son père mais depuis son décès....... je n'y vais plus, il sera surpris et content. »

« C'est à 20 minutes en vélo Simone, tu ne trouves pas le trajet un peu long pour toi ? »

« Mais nous les gens de la campagne sommes increvables. »

« Sois prudente. Au fait, demain soir il y a une réunion à la mairie pour les aménagements de la commune....... je vais aller faire un tour, veux-tu venir ? »

« Je veux bien mais si tu pouvais venir me chercher en voiture car aller jusqu'au bourg tard le soir ne serait pas prudent. »

« Je viendrai vers 20h, ça te va ? »

« Très bien, à demain Archibald et merci. »

Archibald était dehors à attendre que Simone reparte avec son vélo lorsqu'il s'aperçut de sa technique du lever de robe pour pédaler. « Simone, tu ne peux pas lever ta robe ainsi ? »

« Et pourquoi donc ? »

« On voit tes cuisses, tes bas de contention et peut-être même ta culotte quand tu dois pédaler. »

« Ecoutes, j'ai croisé et salué des agriculteurs en allant chez Léon et en venant chez toi, ils ne m'ont rien dit, ils étaient tout sourire et m'ont salué. »

« Et tu ne te demandes pas pourquoi ? »

« Tu parles de nos amis Archibald. »

« Des amis qui sont des hommes Simone ! »

« Bon ! Mets-toi devant, et dis-moi si on voit ma culotte ? »

Les yeux d'Archibald s'écarquillèrent, bouche ouverte.

« Quoi ??? Non, jamais je ne ferai ça !!! »

« Comment veux-tu que l'on sache si tu ne regardes pas !!! »

« Simone, penses juste à mettre un cycliste sous ta robe ou un pantalon. »

« Un quoi ? Le pantalon, pas possible ça me serre. L'autre machin, je ne sais pas ce que c'est. »

« C'est une sorte de short élastique Simone. »

« Bon tu ne veux pas regarder ? »

Archibald ferma les yeux et se dit dans sa tête : « Rien qu'à l'idée d'y penser……… » Et brusquement il s'écria :

« Non, hors de questions. »

« Tu ne sais pas, je vais chez Emilien, il me dira lui ! »

Dans sa moustache Archibald murmura :

« Hé bah, il va être content lui. »

Simone se remit en selle et partit en direction de chez son fils Emilien à Sainte-Colombe. Vingt minutes plus tard elle arrive et sonne.

« Maman ! » s'étonna Emilien, « mais comment es-tu venue ? »

« Avec ça !!!! » Et elle lui montre son nouvel engin. « Mon nouveau bolide, je l'ai acheté à la fête des policiers. »

« En voilà une bonne initiative, pas trop dur ? »

« Et bien ça me remue mes rhumatismes, un peu mal aux fesses mais ce ne sera qu'une question d'habitude. »

« Entre donc maman. »

En entrant Simone écarquilla les yeux.

« Bah dis donc, tu l'as bien retaper ta baraque ? Elle est magnifique. »

« Oui, je suis resté dans l'ancien avec une déco d'aujourd'hui, mais si tu serais venue plus souvent tu aurais pu la voir avant. »

Emilien avait un beau corps de ferme restait dans son jus mais avec une déco moderne.

Je ne venais pas car je n'étais pas véhiculée et puis je n'aime pas te déranger » répondit Simone.

« Tu ne me déranges jamais maman, je t'offre un café ? »

« Plutôt un verre de cidre bien frais. J'arrive de chez Léon et de chez Archibald et j'ai déjà pris un café et puis tu sais que pédaler donne soif !!! »

« J'ai ce qu'il faut, mais que faisais-tu chez Léon mon adjoint ? »

« Lorsque j'ai acheté le vélo, une fermeture éclair était bloquée sur l'une des sacoches. Archibald l'a ouverte et c'était une lettre qui la bloquait. Elle était destinée à Léon alors je lui ai apporté. »

« Te connaissant, tu l'as lu ? »

« Même pas, elle était restée fermée, elle n'a pas été distribué par La Poste. »

« Étonnant !!!! »

Dis-moi la semaine prochaine, les vendanges commenceront, tu seras là ? » dit Simone changeant de sujet.

« Bien sûr maman, comme tous les ans, mais il va falloir que tu arrêtes un jour ! »

« Moi vivante, je continuerai pour ton père. »

« Tant que tu auras besoin, le village t'aidera. »

Simone et Emilien passèrent la fin d'après-midi ensemble à parler.

« Je vais rentrer, il se fait tard » dit Simone.

« Veux-tu manger avec moi maman ? »

« Non merci, une autre fois. »

« Demain je vais à la réunion de la mairie pour les nouveaux aménagements de la commune, je suppose que je t'y verrai ? » demande Emilien.

« Oui, j'y serai avec Archibald. »

Emilien raccompagna sa mère. Simone prit son vélo, elle remonta sa robe jusqu'aux cuisses. Les gros yeux d'Emilien s'écarquillèrent :

« Que fais-tu ? »

« Je fais quoi, je prends mon vélo pardi. »

« Non, je ne parle pas de cela mais de ta robe ! Tu la remontes jusqu'aux cuisses, on voit tes bas de contention, tes cuisses, ce n'est pas possible !!! »

« Archibald m'a dit la même chose et qu'il était même possible de voir ma culotte lorsque je pédale. »

Emilien mit sa main sur son front et ses yeux.

« Il est hors de question que tu partes dans cet accoutrement. J'ai un cycliste, tu vas rentrer te changer. »

« Ho mais qu'est-ce-que vous avez tous avec ce machin ? Je connais tous les villageois, il ne peut rien m'arriver et pour aujourd'hui, on se contentera de cette tenue. » Simone mit un coup de pédale.

« Bonne soirée mon fils, à demain » dit-elle en s'en allant.

« MAMANNNN !!! ATTEND !!! » Trop tard Simone était déjà en route. « Fais très attention et à demain » s'écria Emilien en rentrant chez lui et murmurant : quelle tête de mule, elle n'écoute jamais rien.

Simone arriva chez elle exténuée par cette journée. Elle décida de se faire une soupe, de la manger devant les infos et d'aller se coucher.

Le lendemain, toute la journée, Simone était restée dans sa ferme à tailler ses arbres, faire du rangement en attendant qu'Archibald vienne la chercher le soir même pour la réunion de la mairie.

Elle eut un semblant de pensée un instant.

« Et si j'allais chez Henriette chercher leur machin de short ? »

Simone prit son vélo et partit au magasin de vêtement d'Henriette qui se trouvait à 500 mètres de chez elle.

Avant de partir Simone regarda entre ses cuisses lorsqu'elle était assise sur son vélo pour voir si sa culotte était visible, mais elle n'était pas aussi souple et partit avec la robe relevée jusqu'aux cuisses.

Simone arriva au magasin.

« Bonjour Henriette ! »

« Simone, ça va ? Alors on vient faire des emplettes ? »

« Je vais bien ! J'ai besoin d'un short. »

« D'un short ? Mais tu ne mets que des robes cuisine ? »

« Pas n'importe lequel. J'ai acheté un vélo et mon fils ainsi qu'Archibald disent que l'on pourrait voir ma culotte lorsque je pédale. »

« Ha mais ils ont raison Simone. Viens, j'ai ce qu'il te faut. »

Simone découvre le short en question, le regarde sous toutes ces formes.

« Mais il s'agit d'une grande culotte ? » dit-elle.

« Non Simone, c'est un cycliste. »

« Je ne vois pas trop la différence, bon ! Je vais t'en prendre un. »

« La taille Simone et la couleur ? »

« 46 et vert. »

Henriette tend à Simone le short.

« Où puis-je l'essayer ? »

« Dans la cabine au fond » répliqua Henriette.

Simone entre dans la cabine, mit le short et s'écria :

« On n'est trop serré la dedans ! Ça me rentre dans les fesses et ça me gratte, j'ai l'impression d'avoir des morpions ! »

Elle ressort de la cabine et se dirige vers Henriette.

« Tiens, garde ton machin. Ma main va passer plus de temps dans mes fesses que sur la poignée de mon vélo tellement que ça me colle. »

« C'est fait exprès Simone. »

« Que les gens ressentent des morpions à chaque fois qu'ils pédalent, ah non ! A bientôt Henriette. »

Simone partit et rentra chez elle.

Chapitre 3

Le soir arriva, Archibald vint chercher Simone pour aller à la réunion du maire.

« Bonsoir Simone ! Je suis allé faire les magasins aujourd'hui et je t'ai pris ce short élastique. Promets-moi de le mettre lorsque tu feras du vélo ? »

« Archibald, merci d'être mon ami mais je suis allée chez Henriette ce tantôt, j'ai voulu en acheter un mais je n'ai pas pu. Ce machin colle de trop, ma main est fourrée dans mes fesses tout le temps. »

« C'est une question d'habitude Simone. »

« Ecoute, j'ai trouvé autre chose. »

Archibald ferma les yeux un instant en se disant dans sa tête :

« Mais qu'est-ce qu'elle a encore trouvé ? »

« Nous avons un peu de temps devant nous, attend, je vais te montrer » rajouta Simone.

Simone part en direction de sa chambre et revient quelque minute plus tard.

« Voilà !!!! »

« Oh mon dieu ! » dit Archibald, « c'est un jupon ? »

« Oui, c'est large, élastique et on est bien dedans » expliqua Simone.

« Mais tu ne peux pas mettre ça avec ta robe cuisine et tes bas ? Regarde, ton jupon descend jusqu'aux genoux ! »

« Ce qui compte Archibald, ce n'est pas l'apparence, c'est d'être à l'aise » rajouta Simone.

« V'la la dégaine » répliqua Archibald un peu dépité.

« Je me rechange et nous allons y aller ! » dit Simone.

Les deux amis partirent en 2CV et arrivèrent au bourg. Le village contient 250 habitants et les trois quarts des villageois étaient présents.

« J'ouvre la réunion » s'écria Mr le maire.

« La route principale, la D 6, route de Mansle à Saint-Angeau et La Rochefoucauld qui traverse notre commune d'Est en Ouest et dessert le bourg, va être réaménagée. »

« Qu'allez-vous faire ? »

Tout à coup l'alarme de la caserne des pompiers qui se trouvait non loin de la mairie retentit. Les villageois surpris se mirent à sortir, le maire également. Le magasin de Marius prenait feu. Les pompiers faisaient leur possible pour l'éteindre. Tous les villageois étaient positionnés devant.

Une fois éteint, le maire s'approcha avec Emilien vers le chef des pompiers.

« Que s'est-il passé ? » demanda les 2 hommes.

« Nous avons réussi à limiter les dégâts, les vélos n'ont pas brûlé. Seuls quelques documents et un plafond ont été endommagés. Le feu s'est produit au niveau du bureau du fond, nous sommes arrivés à temps » dit le chef des pompiers.

« Mais comment ce feu a-t-il été provoqué ? » demanda Emilien.

« Je dirai avec de l'alcool à brûler » répliqua le chef des pompiers. « Je pense que c'est un accident car il y avait plusieurs bouteilles d'alcool à brûler et de white spirit au fond du magasin. »

Soulagé par cette annonce Emilien commença à mettre un périmètre de sécurité. Un pompier à l'intérieur du magasin s'écria :

« Venez voir ! » Emilien et le maire coururent, Simone et Archibald avancèrent doucement pour voir ce qu'il se passait.

« Oh non !!!! Léon !!! » hurla Emilien, dépité.

« Je suis navré, il est mort » rajouta le pompier.

« Je suis désolé Emilien rajouta le maire, mais que faisait-il ici ? »

« Il venait sûrement à la réunion et il a dû voir le commencement du feu et a voulu commencer à l'éteindre, et malheureusement il est mort asphyxié » expliqua Emilien.

Ils sortirent triste. Simone s'approcha de son fils Emilien :

« Que se passe-t-il ? »

« C'est Léon, il était à l'intérieur et il est mort sûrement asphyxié. »

« Mais pourquoi n'a-t-il pas appelé les pompiers ? » répliqua Simone.

Le chef des pompiers présent annonça :

« Nous avons reçu un appel précisant qu'il y avait le feu au magasin de Marius. »

« Il a donc dû appeler mais a voulu sûrement aider à l'éteindre avant l'arrivée des pompiers. Il faut maintenant aller l'annoncer à sa femme Louise » dit Simone.

Je vais y aller maman, c'est à moi de le faire » ajouta Emilien abasourdi.

« Veux-tu que je t'accompagne ? » rajouta Simone.

« Non maman, et j'ai besoin d'être seul aussi. »

Tous les villageois ainsi que le maire étaient déconcertés par cette triste nouvelle. La réunion était annulée et tous repartirent chez eux.

Le lendemain, Simone souhaitait obtenir des nouvelles de son fils suite à la mort de son adjoint. Elle contacta Archibald pour l'amener au commissariat prendre de ses nouvelles. Archibald vint la chercher, elle monta dans la 2cv d'Archibald et tous deux partirent.

« Merci d'être venu, je m'inquiète pour Emilien, il doit-être si bouleversé !!! »

« Je comprends Simone, allons le voir. »

Ils arrivèrent au poste de Police et Simone entra.

« Emilien, comment vas-tu ? »

« Maman ! Que viens-tu faire ici ? »

« Ton adjoint est mort, je m'inquiétais, je voulais prendre de tes nouvelles. »

« Le téléphone maman ça existe, mais j'essaie d'aller du mieux que je peux. J'ai vu Louise hier, je lui ai annoncé la mort de Léon. Je lui ai dit qu'il s'agissait sûrement d'un accident, elle était très bouleversée, quant à moi, je suis abattu. J'attends le rapport du légiste dans la journée, enfin, je l'espère. »

Une femme pleine d'entrain entra dans le poste de Police.

« Bonjour ! Que puis-je faire pour vous ? » répliqua Emilien.

« Anne Carmaux, criminologue de Paris, j'aimerai rencontrer le chef de cette Police. »

« C'est moi-même et qu'est-ce qu'une criminologue de Paris vient faire dans notre village ? »

« Votre boulot ! Je suis là pour vous aider à résoudre l'affaire de ce feu de magasin et de la mort de l'un des nôtres. »

« QUOI !!!!!!! C'est quoi ce bordel ? »

« Écoutez, vous devez m'épauler. Sachez qu'à Paris ils prennent l'affaire très au sérieux. »

« Ah parce que moi je suis le campagnard de service, incapable de prendre une affaire au sérieux ? Alors écoutez-moi la Parigo, ici c'est mon commissariat, ma commune, mon village et mon enquête. Vous souhaitez mettre votre nez là-dedans, faites le jolie cœur mais sans moi et avec le patois charentais des villageois, votre venu de Paris et votre tenue de la ville, je ne suis pas certain que vous obtiendrez des réponses » répondit Emilien en colère.

« Vous refusez de m'aider ? »

« Ol'est ben vré !!! »[5]

« Quoi ?!!!!!! »

---

[5] *Ol'est ben vré : c'est exact/ c'est vrai*

« Ça commence bien ! C'est exact, je refuse de vous aider » répliqua Emilien.

« Bien je ferai mon enquête seule. »

Faites, je ferai la mienne de mon côté. Mais pour l'instant il s'agit d'un accident, nous n'avons même pas eu le retour du légiste. »

« Vous non, moi si ! J'ai oublié de vous le transmettre. Tenez, bonne lecture ! » en lui jetant sur son comptoir d'accueil.

La femme s'en alla et en partant rajouta : « ah oui j'oubliée, le feu ce n'est pas un accident, c'est volontaire. Avant de venir vous voir je suis passée au magasin et sachez que le feu a pris au niveau du bureau par de l'essence ou tout autres produits inflammables. J'ai d'ailleurs tout envoyé à la scientifique et il serait bien de trouver Mr Balier Marius, le propriétaire du magasin. »

Emilien colérique et remonté s'exclama :

« Mais quelle fouille merde celle-là ! » et il se mit à lire le dossier du légiste.

Simone et Archibald restèrent ébahis par le caractère trempé et le franc-parler de cette femme.

« Oh, non !!!! Léon a bien été asphyxié mais qu'après avoir pris plusieurs coups derrière la tête, c'est donc un homicide. »

Emilien très triste s'assis et ajouta :

« Je vais retourner voir Louise pour lui annoncer et voir si Marius est chez lui. »

Simone et Archibald, tristes également, se regardèrent et doucement Simone glissa à l'oreille d'Archibald :

« Cette histoire de lettre n'est pas claire !!! Allons-y Archibald. Emilien, je suis navrée pour ton adjoint, nous allons te laisser travailler. »

« Merci maman ! » Emilien énervé et triste dit à son stagiaire et son gardien de la paix : « Jean, Gaston allons au magasin de Marius et interrogeons la population. » Tous partirent de leurs côtés.

Arrivée dehors, Simone demanda à Archibald de l'amener voir Denis.

« Simone, pourquoi veux-tu aller voir Denis ? »

« La lettre Archibald, c'est la clé de cette histoire. »

« Oh non !!!!! Emilien ne va pas apprécier et je te déconseille de mettre ton nez dedans Simone. »

« Si tu ne veux pas m'amener je prendrai mon vélo, mais j'irai quoi qu'il arrive. »

Fatigué, Archibald céda.

Simone et Archibald arrivèrent chez Denis.

« Simone, Archibald, comment allez-vous ? » s'interrogea Denis.

« Bien Denis, merci. Si nous venons vous voir, c'est parce que vous m'avez vendu un vélo lors de la fête de la Police et je souhaitais savoir si vous saviez, qui vous l'avez donné pour cette vente de charité ? » demanda Simone.

« Oui, c'est Josseline, la postière, c'est elle qui en a fait don. Mais pourquoi, il y a un problème ? »

« Non du tout, c'était juste par curiosité. Si j'ai l'occasion de la voir, je la remercierai. Merci pour l'information Denis, à bientôt. »

Simone et Archibald repartirent.

« Allons voir Josseline à La Poste maintenant. »

« Simone tu vas trop loin ! » mais Archibald s'exécuta et l'amena.

Les deux amis arrivèrent à La Poste, ils entrèrent.

« Bonjour Josseline ! » dit Simone.

« Simone, Archibald, vous désirez ? »

« Je suis venue vous voir car j'ai acheté le vélo que vous avez fait don lors de la fête de la Police. »

« Ah Simone, vous ne venez pas me demander de le reprendre ? J'avoue qu'il y avait des réparations à faire mais je l'ai fait pour la bonne cause. »

« Je ne vais pas vous demander cela Josseline, il s'avère que l'une des fermetures éclairs des sacoches était bloquée. Archibald l'a décoincé et dedans s'y trouvait une lettre. Auriez-vous une explication à me donner ? »

« Je comprends mieux maintenant pourquoi cette fichue sacoche ne s'ouvrait plus, à qui était-elle destinée ? »

« A Léon » répliqua Simone.

« Pauvre Léon ! J'ai appris pour l'accident d'hier soir. Je me souviens maintenant, c'est Louise qui m'a donné cette lettre que je devais distribuer à son mari. »

« Louise ??? »

« Oui, elle est venue à la Poste, m'a transmis le courrier, l'a affranchi et une heure après, elle est revenue me demandant de lui redonner cette lettre. Je ne pouvais plus faire cela, elle était affranchie. Elle était très embarrassée, alors je lui ai dit que je pouvais la mettre de côté provisoirement. Je l'ai prise et l'ai mise dans ma sacoche de vélo puisque c'était mon moyen de transport pour travailler, ensuite, je l'ai tout bêtement oublié. »

« Merci Josseline, ces informations me seront précieuses. »

« Si vous le dites Simone, bon courage. »
« Archibald, il faut que nous allions voir Louise. »

« Je ne crois pas qu'Emilien soit de cet avis s'il vient à le savoir, il va dire que tu fourres ton nez partout. »

« On s'en tape de l'avis d'Emilien, il refusera de m'écouter quoi qu'il arrive » expliqua Simone.

« Faut dire que tu fourres toujours ton nez dans ses affaires. »

« Ecoute Archibald, nous ne lui avons pas transmis nos condoléances, cela fait une bonne excuses. »

« Désappointé, Archibald acquiesça. Allons-y ma chère. »

Les deux amis se dirigèrent chez Louise. Ils arrivèrent et frappèrent.

« Simone et Archibald ! Que me vaut votre visite ? »

« Nous sommes venus vous transmettre toutes nos sincères condoléances. » dit Simone.

« Merci à vous deux. Entrez je vous en prie. »

Les amis entrèrent et s'assirent.

« Louise, nous sommes sincèrement désolés, comment allez-vous ? »

« J'essaie de comprendre ce qu'il s'est passé, que faisait-il dans ce magasin ? » en pleurant.

« Louise, je voudrais vous parler de quelque chose. »

La femme s'assit.

« J'ai acheté le vélo de Josseline à la fête de la Police pour la vente de charité. Le vélo avait deux sacoches et l'une d'elles était bloquée par une lettre, une lettre qui était destinée à votre mari Léon. Elle datait du mois dernier et nous sommes allés, Archibald et moi-même, voir Josseline qui nous a dit que c'était vous qui lui avez transmis cette lettre. »

« Je me souviens ! C'est vrai Simone, j'avais décidé d'écrire à Léon. Je lui disais que je voulais le quitter car j'avais un amant mais j'ai changé d'avis à la dernière minute. Ne me dites pas que vous l'avez apporté à Léon ? »

« Malheureusement si ! Elle lui était destinée » rajouta Simone.

« Et l'a-t-il lu ? »

« Oui devant moi et je comprends mieux sa stupeur maintenant. »

« Ho mais Simone, il ne fallait pas ! Je sais que vous avez essayé de bien faire mais qu'a-t-il pu penser ? »

« Je suis désolée Louise, vous savez que votre mari a été assassiné et que ce n'est pas un accident. »

« Quoi ? Non, la dernière fois que j'ai vu Emilien, il m'a dit qu'il attendait les conclusions du légiste mais qu'il s'agissait sûrement d'un accident. »

« Je crois bien avoir fait une gaffe. »

« Oh oui Simone ! Et je pense qu'Emilien ne va pas du tout apprécier mais vraiment pas ! » ajouta Archibald.

« Est-ce-que vous aviez un amant ? »

« Oui !!!»

« Il est possible que ce soit lui qui ait assassiné votre mari. De qui s'agit-il Louise ? »

« Je ne peux pas le dire Simone, je ne peux vraiment pas. Mais je comprends mieux pourquoi Léon s'est énervé au supermarché. »

« Quel supermarché ? »

« J'étais partie faire des courses au supermarché et il est venu me rejoindre. Il était très en colère, il m'a fait monter dans ma voiture et a insulté Jean qui m'aidait à porter mes sacs. »

« Peut-être parce qu'il a cru que c'était lui votre amant ? Est-ce le cas ? »

« Mais non Simone ! Jean n'est rien d'autre qu'un collègue de Léon qui a voulu me rendre service à ce moment-là. »

« Simone, je suis fatiguée, je suis désolée mais je vais vous demander de partir. »

« Très bien Louise. »

Louise les raccompagna jusqu'à la porte. Quand elle ouvrit celle-ci, Emilien, Jean et Gaston arrivèrent.

« Maman, que fais-tu ici ? »

« Je suis venue transmettre mes condoléances à Louise, rien de plus. »

« Ben voyons ! Louise, pouvons-nous te parler ? » demande Emilien.

« Oui Emilien, entrez. » Emilien entra et Simone et Archibald s'en allèrent.

« Si nous rentrions Archibald prendre une bonne petite gnaule ? »

« Je ne suis pas contre, dit Archibald en rajoutant : Emilien, messieurs, Louise, bonnes journées. »

Emilien et ses collègues s'assirent.

« Louise nous n'avons pas une bonne nouvelle ! »

« Je sais, Léon a été assassiné. »

« Mais....... Ma mère ! » en soupirant.

« Est-ce que Léon avait des soucis ces derniers temps ? »

« Non, tout allait bien. »

« Quelqu'un l'avait menacé ? »

« Non Emilien je t'assure. Nous sommes un petit village, tout le monde se connait et si on avait un problème, on en parlait. Je ne vois vraiment pas qui. »

« Je vais mettre tout en œuvre pour retrouver celui qui a fait ça et comprendre pourquoi. Nous te laissons te reposer. »

Emilien et ses collègues s'en allèrent en direction du magasin de Marius. Il frappa à la porte mais personne ne répondit.

« Rentrez au commissariat, moi j'ai une visite à faire » dit Emilien à ses collègues.

Chapitre 4

Simone et Archibald étaient bien arrivés chez elle, tous deux se mirent dans la cour pour y prendre un verre et parler de Léon et Louise.

« Tu ne trouves pas ça bizarre Archibald que Louise refuse de donner le nom de son amant qui a peut-être tué son mari ! »

« Elle n'a peut-être pas envie de se confier à toi » répondit Archibald.

Léon et Jean qui se battent, Jean qui ne dit rien à Emilien. Est-ce le fruit du hasard que Jean se trouve au supermarché ? »

« Simone arrête de te triturer la tête, laisse faire Emilien, il trouvera. »

Une voiture arriva chez Simone, il s'agissait d'Emilien.

« Thieu viens d'où ici. »

« Je sors de chez Louise où tu y étais avant moi. Je pense bien que tu y es allée lui transmettre tes condoléances mais je te connais assez bien pour savoir que tu mets ton nez partout et que tu dois avoir des infos que je n'ai pas. Alors je me suis dit : tiens si tu vas chez ta tendre maman pour lui tirer les vers du nez ? »

« Je te sens stressé, détends-toi et assis-toi avec nous, tu veux un verre de gnaule ? »

« Oui merci maman. » Simone alla chercher un verre à la cuisine. Emilien poursuivit : « Alors que savez-vous que je ne sais pas ? »

« Holà doucement Emilien, moi je ne fais qu'accompagner ta mère, je ne veux pas mettre les pieds dans ton enquête. » expliqua Archibald en rajoutant :

« Et ta criminologue alors ? »

Simone était revenue et s'assit.

« Ne m'en parle pas Archibald, je ne l'ai pas vu du reste de la matinée et tant mieux car c'est une vraie peste celle-là. Elle devait aller interroger les villageois, elle a dû être bien servie » dit-il en se marrant.

« Écoute Emilien, je suis allée voir Louise car j'ai acheté le vélo, que tu as vu, à la vente de charité lors de la fête de la Police » lui dit sa mère.

« Et je ne vois pas le rapport maman. »

« Le vélo a deux sacoches fermées par une fermeture éclair et l'une d'elle était bloquée par une lettre. Elle était destinée à Léon, je me suis donc rendue chez lui pour le lui donner. »

Tu me l'as dit en venant chez moi la dernière fois, et…. !!!! »

« Lorsque Léon est mort et que nous avons appris qu'il avait été assassiné, je suis retournée voir Denis qui m'a vendu le vélo pour savoir qui lui en avait fait don. Il m'a répondu, Josseline de La Poste, je suis donc allée la voir, elle m'a expliqué que Louise avait écrit cette lettre et Louise m'a confirmé que la lettre avait bien été écrite par ses soins à destination de son mari. »

« Louise a écrit à son mari, mais pourquoi ? » s'exclama Emilien, étonnamment surpris.

« D'où ma visite chez elle. Elle a un amant mais elle a refusé de me dire qui il était. Léon qui avait lu la lettre devant moi avait été très surpris, et il est allé rejoindre Louise au supermarché après la lecture de celle-ci. Lors de son arrivée, Jean était là pour aider Louise à porter ses sacs et Léon s'est énervé jusqu'à se battre avec lui. »

« Tu comptais me le dire un jour ou pas ? Je viens de voir Louise, elle ne m'a rien dit de cela ! Quant à Jean mon stagiaire, je travaille avec lui tous les jours et il ne m'a rien dit non plus. »

« Elle nous a dit que Jean n'était pas son amant ! »

« Elle t'a peut-être menti aussi. Punaise, j'espère que ce n'est pas un des nôtres qui a fait ça ? Demain j'irai la chercher chez elle et l'interrogerai au commissariat. »

« Mais pourquoi ? » lui dit sa mère.

« Elle ne m'a rien dit de cela, ni Jean d'ailleurs, elle doit nous dire qui est son amant. »

« Laisse-moi venir alors, lui répondit-elle. Il s'agit de Louise la femme de ton collègue, c'est une femme et ma présence pourra peut-être l'aider à parler. »

« Viens si tu veux maman, peut-être que ça l'aidera effectivement. »

« Et Marius, comment se sent-il ? » demanda Simone.

« Je ne sais pas car il n'est toujours pas chez lui et ça devient inquiétant » lui répond son fils.

« Bon cessons de parler de cette histoire, je vais vous préparer des monghettes [6]. Tu restes Archibald ? »

« C'est si gentiment proposé que je ne peux refuser. »

Simone alla préparer le repas pendant qu'Archibald et Emilien continuèrent à parler de tout et de rien.

Pendant ce temps-là, la criminologue frappa aux portes des habitants à la recherche d'informations. Elle était habillée d'un tailleur et de chaussures à talons, très bien maquillée, elle avait un chignon et porter des lunettes.
Elle frappa à une porte qui s'entrouvrit.

« Bonjour madame, je.... »

« Je vous arrête de suite, je ne suis pas intéressée » et la porte se referma.

« Super sympathique !!!! » s'écria-t-elle. Elle décida de poursuivre dans la maison voisine mais changea de technique d'approche.

---

[6] Les monghettes : *des haricots blancs*

La porte s'entrouvrit, la femme regarda la criminologue de la tête aux pieds. « Police ! en montrant sa carte. »

« Hé moi je suis Pauline. Emilien, n'est pas avec vous ? »

« Non madame. »

« Alors j'ai rien à vous dire » et elle referma la porte.

« Mais ce n'est pas vrai, c'est quoi ces gens qui vous ferme la porte au nez. »

Sans se démonter, elle poursuivit jusqu'à la prochaine maison et tomba nez à nez avec un agriculteur dans son champs.

Elle marchait difficilement avec ses talons qui s'enfonçaient et sa jupe tailleur noir serrée, mais arriva tout de même jusqu'à lui.

« Bonjour monsieur, je suis criminologue et j'enquête sur l'incendie du magasin et la mort de Léon. »

« Bonjhourte ! »[7]

« Que dites-vous ? »

« Bonjhourte ! »

« Je ne parle pas le patois, pourriez-vous me parler en Français ? »

« Une Baignassout !!! »[8]

« Ah j'ai compris, vous refusez de me parler ? »

« Non, bah thieu que tu comprends rien. »

« Vous commencez à être vraiment agaçant dans ce village. » Elle partit en colère en se retournant régulièrement vers l'agriculteur pour lui dire :

« Pas sympa, vous êtes…….. »

L'agriculteur finit par lui dire en patois et en lui montrant du doigt :

« Beurouette ! »[9]

---

[7] *bonjhourte : bonjour*
[8] *Baignassouts : touristes*
[9] *beurouette : brouette*

Toujours en colère et se retournant régulièrement, la criminologue se prit la brouette et tomba dans de la bouse de vache.

« Hoooooooooooooooooooooooo !!!!!!!! Cria-t-elle, c'est horrible, venait m'aider !!! »

« O l'avait d'la bouse, et la beurouette a veursé. »[10]

« Venez m'aider à me relever au lieu de me regarder. »

« Ah désolé m'dame mais j'ai beaucoup à faire, j'ai pourtant essayé de vous avertir, bon courage » sans parler patois et en rigolant fortement.

« Grrrrrr, vous vous êtes bien fichu de moi !!! »

Elle se releva, enleva son blazer, ses chaussures, alla jusqu'à sa voiture et prit sa tenue de sport qui se trouvait dans le coffre. Elle mit un jogging par-dessous sa jupe et l'enleva par la suite, elle chaussa des baskets et se mit au volant pour rentrer.

---

[10] *O l'avait d'la fagne, et la beurouette a veursé : il y avait de la bouse et la brouette a chaviré.*

Le lendemain matin, Emilien alla chercher Louise chez elle avant d'aller au commissariat. Sans difficulté, Louise le suivit. Arrivés au commissariat, Jean et Gaston y étaient déjà, Simone et Archibald aussi. Louise entra et regarda tout le monde.

« Bonjour Simone, Archibald, Jean, comment allez-vous ? »

« Viens Louise, je t'emmène au réfectoire » lui dit Emilien.

Arriva la criminologue Anne Carmaux avec un café à la main.

« Bonjour à tous » dit-elle avec un grand sourire.

« Oh non pas elle, v'la la casse pieds ! » dit Emilien.

« Alors Columbo, il a élucidé l'affaire ? » demande Anne Carmaux.

« Pas encore MADAME JE SAIS TOUT, et vous ? »

« Moi ? Vos villageois sont irrespectueux, impolis et mesquins. »

« Ha, restez polie! Nos villageois sont formidables, que vous ont-ils fait ? »

« Ils me referment la porte au nez, ne me parle pas français. Je suis tombée dans de la bouse de vache et dans une brouette. »

Tout le monde rigola aux éclats de rires.

« Je vous avais prévenu, ici les femmes de votre genre ne sont guère appréciées. Changez votre façon de parler, votre tenue aussi et vous verrez que peut-être ils s'ouvriront à vous. »

« Un paysan m'a appelé baignassout, c'est une insulte, je suppose. »

« Je vous l'ai déjà dit, nos habitants sont très polis, regardez-vous dans un miroir blanche neige et vous comprendrez. »

« Vous avez l'air fatiguée! » dit Simone.

« Oui, car je loge à côté de l'église qui sonne tout le temps et d'un coq qui chante très tôt le matin. » Cria la criminologue épuisée. « Ha, mais je vois que vous avez acheté des pains au chocolat, pourrais-je en avoir un SVP ? »

« Navré, il n'y a pas de pain au chocolat ici » répliqua Emilien.

« Mais si, ici sur votre bureau, Columbo. »

« Ce ne sont pas des pains au chocolat et faites attention avec votre café car si une goutte vient à tomber sur le sol de mon commissariat, je vous fais sincer l'intégralité. »[11]

« Faire quoi ? S'étonna la criminologue. Bon, je vois que vous êtes radin et qu'en plus vous me parlez dans une langue sordide. »

« Je ne suis pas radin et ici, nous disons chocolatine. Ma langue est le français. MER-DE, c'est français et parisien pour vous là ? Hé la belle au bois dormant, vous devriez aller vous recoucher, c'est vrai, vous êtes fatiguée. »

« J'en ai vraiment marre d'être ici, vous êtes répugnant. »

---

[11] *sincer : serpiller*

« Ah bah c'est la campagne ! Si vous n'êtes pas contente, retournez dans votre Paris avec toute votre pollution, le bruit des voitures, tout ce monde...... Hé la baignassout, la campagne et la ville ça n'a jamais fait bon ménage » répliqua Emilien avec un air hypocrite.

« En attendant puisque les villageois n'ont pas voulu me répondre, je suis allée à la banque et j'attends d'ici une demi-heure le conseiller qui va venir signer sa déposition. »

« Arrêter de renifler n'importe quoi ! » répondit Emilien.

« En attendant votre Marius, il était en faillite, plus de sous. Le robinet d'eau allait fermer, il était dans le rouge à la banque et sa liquidation judiciaire se préparait. Il a donc dû mettre le feu et aujourd'hui il est en fuite. Savez-vous qu'il avait signé ce dernier mois, trois assurances garanties incendie pour son magasin ? Alors pendant que vous vous tournez les pouces moi j'enquête. »

« Ho je sens que je vais la rabouziné et que… »[12] pas le temps de terminer sa phrase, Simone intervint :

« Ne dis pas des choses que tu regretteras, ça suffit. »

« Tu as raison, en regardant sa mère, mais le profil ne colle pas » dit Emilien en répondant à Anne Carmaux.

« Une chose est sûr, il avait un mobile : l'argent » rajouta-t-elle.

« Et pour Léon ? »

« Il était au mauvais endroit au mauvais moment » répliqua Anne.

« Ouahhhhhh, la grande criminologue qui a élucidé cette affaire en un coup de baguette. Pauvre femme !!! Allez, je vais interroger Louise, entendre vos absurdités me donne des boutons. Allons tous au réfectoire. Jean, tu peux me suivre aussi merci. »

Tous se dirigèrent vers le réfectoire et s'assirent.

---

[12] *rabouziné : ratatiné*

« Louise, je ne t'ai pas mis en garde à vue et tu ne l'es pas. Je suis venu te chercher car j'ai appris que tu avais un amant et j'ai besoin d'avoir son nom » interrogea Emilien.

« Je ne peux rien te dire Emilien, je suis désolée » lui répondit Louise.

« Jean tu as quelque chose à me dire ? »

« Non pourquoi ? »

« Bon maintenant vous arrêtez de vous foutre de ma gueule tous les deux. Jean tu t'es bien bagarré avec Léon au supermarché ? Et toi Louise, tu as bien écrit une lettre à Léon lui disant que tu le quittais parce que tu avais un amant ? Alors j'attends vos explications. »

« Oh mais tu te trompes Emilien. J'étais au magasin pour y faire mes courses, j'ai vu Louise qui avait du mal à porter ses sacs seule, je l'ai donc purement et simplement aidé.

Léon est arrivé en furie, je n'ai rien compris et il m'a frappé. Mais si tu dis que Louise avait un amant, il a cru et toi aussi que c'était moi, mais ce n'est pas le cas Emilien » raconta Jean.

« Il dit vrai Emilien, dit Louise. Mon amant est beau, costaud, intelligent, il est intentionné, doux, bienveillant, à l'écoute, il me fait rêver et je suis une princesse à ses yeux. »

« Qui est–il ? » demanda Emilien.

« Je ne dirai rien. »

« Louise, vous ne voulez pas savoir qui a tué Léon ? Peut-être que votre amant en a eu marre d'attendre votre séparation et l'a provoqué ? » rajouta Simone.

« C'est impossible Simone, je vous l'assure, impossible. »

« Qu'est-ce qui vous permet d'en être si sûr Louise ? »

« Je ne peux pas le dire. »

« En attendant ce n'est pas un fantôme qui a frappé Léon, et avec la fumée il était sûr d'aller au ciel ! » rajouta Emilien.

« Ha toi et ton élégance ! » dit Simone.

« Jean, tu peux retourner à l'accueil quant à toi Louise, si tu veux partir, tu peux. Je n'ai rien du tout pour te mettre en garde à vue et je sais que tu n'as pas tué ton mari, mais t'obstiner à ne rien dire, je ne comprends pas !!! »

Louise et Jean se levèrent et partirent. Assis autour de la table, Emilien mit ses mains derrière la tête en regardant sa mère, Simone.

« Mais pourquoi, ne veut-elle rien dire ? Je suis dans le flou total. »

« Écoute Emilien, peut-être qu'elle a peur de son amant ou bien c'est quelqu'un de connu ? Ne t'inquiètes pas, tu trouveras. »

Emilien et Simone sortirent à leur tour du réfectoire. Arrivés à l'accueil se trouvait Henri, le conseiller de la banque qui attendait.

« Bonjour Henri, comment allez-vous ? »

« Bonjour Emilien, Simone, Archibald, je suis venu pour signer une déposition. »

« Oui c'est Anne Carmaux qui va s'occuper de vous, je vais l'appeler. » Emilien s'en alla la chercher au fond du couloir dans un bureau.

Simone en profita.

« Anne Carmaux nous a dit que Marius était en faillite, ce n'est pas vrai ? »

« Malheureusement si, Simone. La directrice de la banque l'avait convoqué, ses comptes étaient dans le rouge, aucun crédit ne pouvait lui être accordé. Il ne faisait plus assez de ventes et il avait trop de dettes auprès de ses fournisseurs. Je l'avais prévenu mais il n'écoutait rien, la liquidation était en prévoyance mais il m'avait demandé d'attendre un peu car la situation allait s'arranger. »

« Mais ce magasin appartenait à son grand-père et après à son père ? Il a toujours travaillé dans ce magasin, et dur en plus, la banque ne peut pas le laisser tomber comme ça ? » lui rajouta Simone.

« Je ne suis que le conseiller Simone pas le directeur » lui répondit Henri.

Emilien revint.

« Elle arrive » lui dit-il.

« Savez-vous où se trouve Marius ? Depuis l'incendie personne ne le trouve » rajouta Emilien

« Non, il devait partir voir des fournisseurs à La Rochelle et ensuite sur Poitiers. Il devait encore faire des chèques pour acheter de la marchandise sans compter. Je lui avais dit que ce n'était pas la peine avec ses comptes en rouge mais il continue à s'obstiner. »

« Est-il vrai qu'il avait signé des contrats avec d'excellentes garanties en cas d'incendie du magasin ? »

« C'est exact. Il m'en a demandé un que je lui ai fait signer et sur son compte il a deux autres assurances qui le prélèvent. Et après recherche, il s'agit de deux contrats signés chez des concurrents pour les mêmes garanties que celui déjà signé avec moi. Les contrats ont été signé il y a de cela six mois. »

Anne Carmaux arriva.

« Bonjour ! Suivez-moi, je vous prie » en regardant Henri. « Ah au fait Emilien, le rapport d'expertise est arrivé. Le feu est bien volontaire, il a pris avec du white spirit et il y en avait plein le magasin. »

Elle s'en alla avec le conseiller au fond du couloir. Henri salua Simone et Archibald en leurs souhaitant une bonne journée.

« Eh bien moi j'en reviens toujours à cette lettre et à cet amant » répliqua Simone.

Emilien appuyait avec ses mains sur le comptoir du commissariat.

« Je ne sais plus quoi penser, mais il faut que je trouve Marius c'est le principal suspect. Ensuite, il faut que j'aille au supermarché pour savoir si des témoins ont vu la bagarre et si des phrases, des mots ont été échangés avec Jean. »

« Tu crois quand même pas que Jean est impliqué ? » lui demanda sa mère.

Emilien se retourna vers Jean assis au fond sur un bureau.

« Je dois tout envisager maman, collègue ou pas collègue, je dois vérifier. »

« Nous te laissons Emilien, courage tu vas découvrir la vérité. »

« À plus tard maman, salut Archibald. »

Au moment de partir entra Marius affolé.

« Emilien, une partie de mon magasin a brûlé, que s'est-il passé ? »

« Ha bonjour Marius, ravi de te voir ici. »

Simone et Archibald se mirent à l'écart pour entendre avant de partir.

« Marius, je suis obligé de te mettre en garde à vue. »

« QUOI !!!!!! Mais qu'ai-je fait ? »

« Le feu de ton magasin est volontaire et tu as signé divers contrats avec d'excellentes garanties ces derniers temps pour assurer ton magasin contre l'incendie. Et malencontreusement, lorsque ton magasin a brûlé, s'y trouvait Léon mon adjoint à l'intérieur. Il a été frappé mais pas assez pour le tuer, et malheureusement la fumée a fait le reste. »

« Léon est mort ? Expliques-moi, je ne comprends rien !!! »

« L'expertise montre que le feu était volontaire et c'est du white spirit que l'incendiaire a utilisé, il y en avait plein dans ton magasin. Nous pensons que tu as mis le feu car tes comptes étaient dans le rouge et tu voulais toucher l'argent de l'assurance. Malheureusement tu as été surpris par

Léon qui venait à la réunion de la mairie ce soir-là. Tu l'as frappé et tu t'es enfui. »

« Emilien, tu ne crois quand même pas ce que tu dis ? Je t'assure que c'est faux, je suis parti voir mes fournisseurs. J'ai dû négocier avec eux car ils n'ont pas été payés des factures précédentes et d'ailleurs je ne comprends pas que les virements n'aient pas été envoyés. J'ai dormi dans ma voiture car ma carte bancaire ne fonctionnait plus et je n'ai pas de chéquier. Les ventes j'en fais de plus en plus, mes comptes ne peuvent pas être dans le rouge, ce n'est pas possible !!! »

« Je n'ai malheureusement pas le choix, je le fait à contrecœur » rajouta Emilien.

« Je connaissais ton père, ton grand-père, tu me connais très bien ? Ce magasin c'est ma vie, c'est ma famille, crois-tu vraiment que j'aurais pu y mettre le feu ? » criant de douleur Marius.

« Je suis désolé Marius, je te promets de chercher ailleurs, de vérifier d'autres pistes et de vérifier les infos que tu me donnes. »

Marius suivi Emilien. Ils descendirent tout deux les escaliers, et Emilien mis Marius en garde à vue à son grand regret.

Emilien remonta les escaliers, Simone et Archibald étaient encore là. Il les regarda tous les deux et leur dit :

« Je ne pouvais pas faire autrement. »

« Je le sais mon fils, mais ce magasin c'est sa vie. Marius ne pourrait jamais y mettre le feu, tout l'accuse mais je suis certaine qu'il est innocent. »

Emilien s'exclama : « Je vais aller au supermarché, Gaston tu viens avec moi. Toi Jean, tu restes au commissariat. Si Anne Carmaux me cherche, dis-lui que je suis sorti et que Marius est en garde à vue. Mais surtout qu'elle ne l'interroge pas sans moi sinon elle va se souvenir du pays. »

En dehors du commissariat, Simone dit à Archibald :

« Retournons voir Louise. »

« QUOI !!!!!!!! Mais que lui veux-tu encore ? »

« Cette lettre, elle m'intrigue. »

« Ecoutes, je te dépose si tu veux et je t'attends dans la voiture. Et si tu veux un conseil, tu ferais bien de rentrer chez toi. »

« Archibald, j'ai une idée il faut que je la vérifie ! »

« Ah oui et laquelle ? »

« Ça t'intéresse maintenant ? Allez filons. »

Chapitre 5

Pendant ce temps Emilien était arrivé au supermarché. Il alla voir les agents de sécurité et commença à leur poser des questions sur cette fameuse bagarre. L'un deux s'en est souvenu et dit :

« Un homme a aidé une femme à porter ses paquets jusqu'à sa voiture quand un autre est arrivé énervé. Il a pris le bras de la femme, l'a forcé à monter dans sa voiture et à frapper l'autre homme qui lui-même a fait tomber son paquet. »

Emilien montre des photos : « s'agit-il de ces deux hommes et de cette femme ? »

« Oui tout à fait » confirma un des agents de sécurité.

« Vous souvenez-vous de ce qu'ils se sont dit ? »

« Non pas vraiment, nous étions à l'intérieur. Nous sommes sortis pour les séparer et ramasser la marchandise au sol que l'autre homme avait laissé tomber suite à l'agression. »

« Il y avait quoi comme marchandise, vous vous en souvenez ? »

« Ah ça oui, il y avait un liquide vaisselle qui avait éclaté au sol, il y en avait partout. Il y avait du white spirit et de la colle aussi mais il est reparti avec. »

« Montrez-moi quel homme est reparti avec ça. »

« Celui-là » montra l'agent de sécurité avec son doigt désignant Jean, le stagiaire d'Emilien.

« Merci messieurs, bonne journée à vous. »

Emilien en colère décide de repartir au commissariat. Dans la voiture, Gaston inquiet trouva Emilien trop énervé et lui demanda :

« Chef, tu ne penses pas que Jean est derrière tout ça ? »

« Je ne sais pas Gaston, mais ça commence à faire beaucoup : la bagarre, le white spirit, cette histoire d'amant, allons le voir. »

Pendant ce temps, Simone était arrivé chez Louise et Archibald l'attendait dans la voiture. Simone frappa à la porte.

« Simone encore vous ? »

« Louise, je peux vous parler un instant s'il vous plait, je n'en aurait que pour cinq minutes. »

« D'accord, entrez. »

Les deux femmes s'assirent sur le canapé du salon.

« Que me voulez-vous Simone ? »

« Vous parler de cet amant, mais ne me coupez pas la parole avant s'il vous plait. »

« Je vous écoute. »

« Vous avez dit tout à l'heure au commissariat que votre amant est beau, costaud, intelligent, intentionné, doux, bienveillant, à l'écoute, qu'il vous faisait rêver et que vous étiez une princesse à ses yeux. »

« Oui et alors ? »

« Si votre amant est ce que vous prétendez, si avenant, vous n'avez aucune raison de ne pas donner son nom ? Vous en parlez comme un homme parfait, tellement parfait que vous n'avez pourtant pas quitter Léon ? Soit votre amant n'est pas celui que vous dites, soit il n'existe pas et vous l'avez créé de toute pièce ? Je ne suis pas là pour vous juger Louise, mais pour comprendre et découvrir comme vous, qui à tuer Léon et pourquoi. »

« Vous avez raison Simone, cet amant est dans mon imagination. Léon était tellement pris par son travail qu'il ne me portait plus d'attention, on ne faisait plus rien ensemble, je m'ennuyais. Un jour, sans que je sache pourquoi, j'ai décidé de me créer un amant pour le rendre jaloux. J'ai écrit une lettre pour le lui dire et j'ai changé d'avis, c'était ridicule. Je pouvais le perdre ou le rendre très malheureux, alors j'ai demandé à Josseline la postière de ne finalement pas poster le courrier.

J'aimais Léon pour ce qu'il était et quand je me suis mariée, il était déjà policier, je savais à quoi m'en tenir. Aujourd'hui il est mort et il me manque. »

Simone se leva vers Louise pour la prendre dans ses bras. En la serrant, elle regarda les photos sur le meuble du salon positionnées derrière elle.

Elle s'approcha.

« Quelles belles photos de mariage ? »

« Oui, il y a quinze ans et malgré les reproches que je lui faisais, il m'a donné quinze ans de bonheur. »

Comme d'un clic dans sa tête, Simone s'arrêta en disant :

« Mais que suis-je bête !!! Désolée Louise, je dois vous laisser et partir voir Emilien. Courage, je suis de tout cœur avec vous. »

Simone fila très rapidement et monta dans la voiture d'Archibald qui l'attendait à l'intérieur.

« Vite Archibald, on va au commissariat voir Emilien. »

« Mais que t'arrives-t-il ? »

« Je crois avoir découvert qui a tué Léon mais il faut qu'Emilien vérifie certaines choses. »

Archibald soupira : « Je suis sûre qu'il ne va pas apprécier. »

« Oh que si ! Il patauge dans la semoule et j'ai les arguments pour innocenter Marius. Fonce Archibald. »

Les deux amis partirent à vive allure dans la 2CV.

« Tu peux m'expliquer » demanda Archibald.

« Je ne suis pas encore sûr donc attend un peu » répliqua Simone.

Arrivés au commissariat, Emilien était entrain de demander des explications à Jean sur la marchandise achetée au supermarché.

« Jean, l'incendiaire a utilisé du white spirit, tu t'es bagarré avec Léon, expliques-moi ? »

« Emilien, je fais de la peinture chez moi, je te l'ai déjà dit. Je ne faisais qu'aider Louise au supermarché, je t'assure que je n'ai rien fait à

Léon, c'était aussi mon collègue de travail. Comment peux-tu penser une chose pareille ?

Simone entra avec Archibald.

« Emilien arrêtes ! Jean n'a rien fait. »

« Maman ne te mêles pas de ça s'il te plait. »

« Oh que si !!! Marius est mon ami et le savoir en garde à vue à tort ne me plait pas du tout. Jean est ton collègue, il est stagiaire. Il ne demande qu'à apprendre, sûrement pas à tuer, et tu veux comme moi innocenter ces personnes que nous aimons tant. »

« Je t'écoute » dit-il à sa mère « mais tes arguments ont intérêt à être solide car j'étais en plein interrogatoire. »

« On a parlé du feu, de son départ au fond du bureau, de Léon mort, mais est-ce que miss monde, la criminologue et toi avez demandé aux pompiers si la porte du magasin avait été forcée ? »

« C'est vrai ! Non c'est un élément qui n'est dans aucun rapport. Attends je vais appeler Anne. »

« ANNNNNEEEEEE, venez s'il vous plait ! »

Anne Carmaux sortie de son bureau.

« Ce n'est pas la peine de crier, que se passe-t-il ? »

« Vous n'avez rien sur la porte du magasin, si une personne l'avait forcé ou non ? »

« Si ! Elle ne l'a pas été. »

« Et vous comptiez me donner cette information à quel moment ? » cria Emilien.

« C'est vous qui avez voulu vous la jouer solo, voilà ce qui arrive, et donc cela confirme bien la culpabilité de Mr Balier Marius, il est seul propriétaire du magasin. »

« Ça suffit tous les deux, vous ne pouvez pas pour une fois réunir vos informations et travailler en équipe ? Cela aurait permis d'avancer et éviter de mettre des innocents en prison » s'écria Simone, très agacée.

« Madame, je vous vois régulièrement dans ce commissariat et nous n'avons pas été présenté ? »

« Je suis Simone, la maman d'Emilien. »

« Alors écoutez mémé, laissez faire les professionnels et retournez tricoter. » Simone en resta bouche baie.

« Alors là, vous allez trop loin, lui répondit Emilien, je vais……..tout en enjambant son comptoir d'accueil… »

« Non Emilien, tu l'étriperas un autre jour » répondit Simone. « Je pense que tu devrais vérifier certains éléments. »

« Lesquels, je t'écoute ? »

« Alors on a Columbo et miss Parple, mais quelle chance !!!! » s'exprima Anne d'un air ironique.

« VOUS ALLEZ LA BOUCLER » hurla Emilien.

« Je t'écoute maman ».

« Nous sommes sûr que ce n'est pas Marius, il n'aurait jamais fait une chose pareil. Mais qui d'autre avait la clé du magasin ? » Emilien écarquilla ses yeux.

« Tu penses à ce que je pense ? » rajouta Emilien en parlant à sa mère.

« Mais à quoi pensez-vous ? » demanda Anne Carmaux.

« Henri, le conseiller de la banque ! » fit Emilien.

« Henri ? Mais pourquoi un conseiller de la banque irait mettre le feu et tuer un policier ? Je comprends mieux pourquoi on m'a envoyé dans ce bled paumé. »

« Au lieu de l'ouvrir comme une pie, Henri avait les clés aussi car il était également le comptable de Marius. Il avait son bureau au fond du magasin là où le feu a pris justement. Ça vous en bouche un coin n'est-ce pas ? » répliqua Emilien d'un air dédaigneux envers Anne.

« Je n'avais pas eu cette info. Pourtant j'ai parlé avec cet Henri et il a signé une déposition mais n'a jamais mentionné ce sujet. »

« Mais pourquoi il aurait fait ça ? Quel aurait pu être son mobile ? » s'interrogea Emilien.

« Il faut que tu vérifies les comptes bancaires de Marius. Les propos tenus par Henri et Marius sont contradictoires, l'un dit qu'il vend beaucoup de marchandises et l'autre dit qu'il était dans le rouge !!!!! »

« Anne, rabale tes gueuille ! »[13]

« Hein !!!!! » dit Anne.

« En Parisien, bouges-toi le cul ! »

« Je m'en occupe dit Anne Carmaux, j'appelle la directrice de l'agence immédiatement. »

« Et moi je vais allez chez Henri, on se rejoint là-bas. »

« Je viens Emilien ! » ajouta Simone.

« Non maman mais je te remercie pour ces informations précieuses qui relancent cette affaire. »

« S'il te plait, je pense que je pourrais encore être utile sur place car quelque chose me tracasse encore. »

« Ok, on y va. »

Emilien, Jean et Gaston partirent tous les trois dans la voiture de Police et Simone avec Archibald en 2CV.

---

[13] *rabale tes gueuille : dépêche toi*

Ils arrivèrent tous chez Henri qui était dehors à réparer un vélo.

« Bonjour Henri ! »

« Oh là, que me vaut la visite de tout ce beau monde ? »

« Pourrions-nous vous parler à l'intérieur ? »

« Oui bien sûr. »

« Je vois que vous utilisez du white spirit, Henri ? » montra Simone avec son doigt, les bouteilles sur le sol de sa cour.

« Oui, j'aide Marius à réparer des vélos pendant mon temps perdu. »

Tous entrèrent dans la maison d'Henri.

« Henri, je suis venu vous voir car nous recherchons toujours l'individu qui a mis l'incendie dans le magasin de Marius et tué Léon » dit Emilien.

« Emilien, j'ai déjà tout dit à votre collègue. »

« J'aimerai bien que vous me répétiez certaines choses. Aviez-vous les clés du magasin ? »

« Oui je confirme car j'étais également le comptable de Marius. »

« Votre bureau était bien au fond du magasin ? »

« C'est exact ! »

« Puis-je me permettre ? » demanda Simone.

Emilien acquiesça.

« Marius nous a dit qu'il ne comprenait pas que ces fournisseurs ne soient pas payés. Vous l'expliquez comment ? »

« Comme je l'ai dit la première fois son compte était dans le rouge, la directrice de la banque l'avait convoqué. On lui avait dit de ne plus faire de chèques, il ne pouvait donc plus payer ses fournisseurs. »

« Marius prétend vendre de plus en plus, il ne comprend donc pas que ses comptes soient dans le rouge ? »

« Visiblement il ne vend pas assez pour remonter la pente. »

« Vous savez que s'il est accusé, vous devrez témoigner entant que conseiller au Tribunal sur ses comptes et contrats d'assurances ? »

« Je sais et cela m'effraie un peu, je l'appréciais tellement. »

« Vous avez dit au commissariat, que vous espériez que Marius ne fasse pas de chèques pour payer ses fournisseurs car il était dans le rouge ? »

« C'est vrai. »

« Mais lorsque Marius est venu de son plein gré au commissariat, il a dit qu'il ne comprenait pas que les virements n'aient pas été envoyés pour payer ses fournisseurs et qu'il n'avait pas de chéquiers. »

« Marius perd un peu la tête et n'a plus le sens des affaires. Paiements par chèques ou virements, il a pu se tromper dans les mots. »

« Je ne crois pas, moi ! » dit Simone.

Arriva Anne Carmaux avec Marius qu'elle a libéré de garde à vue.

« Je vous ai entendu Mr Gloutre Henri et vous mentez ! » dit Anne Carmaux.

« Pardon ! Je ne vous permets pas ! »

Anne Carmaux poursuit : « Nous revenons de la banque, en effet les comptes de Mr Balier Marius sont dans le rouge, des virements sont effectués mais pas aux fournisseurs. Ces virements sont versés sur un compte bancaire d'un nom et prénom inconnu, un compte qui a été créé, et ces virements sont effectués par la suite de ce fameux compte inconnu sur votre compte bancaire personnel. J'ai contacté certains fournisseurs qui m'ont confirmé qu'ils ont toujours été payés par virements, jamais par chèques. Quant aux chéquiers, Marius nous a dit qu'il en avait pas mais vous, vous nous en avait dit le contraire. En vérifiant, des chéquiers étaient commandés, ils restaient en agence et entant que conseiller, vous en profitiez pour prendre des chèques, les signer et les déposer sur ce compte inconnu. Quant aux ventes, c'est vrai que ça va être compliqué de mettre les choses au clair puisque les factures clients ont brûlé dans le magasin. Nous allons revoir toutes votre comptabilité Henri. Les clients effectuaient des chèques pour payer leurs marchandises au magasin et vous, vous les encaissiez mais pas sur le compte de l'entreprise de Marius. »

« Je ne prenais jamais les chèques des clients, je ne les encaissais jamais. »

« Tu mens ! » lui répond Marius.

« Chaque ventes qui étaient payées par chèques, je te les donnais et quand tu allais à la banque tu les encaissais. »

« Il a raison Henri » rajouta Simone. « Lorsque j'ai acheté mon vélo, je suis venue au magasin et Marius m'a dit de venir vous voir pour vous donner le chèque car c'est vous qui vous en occupiez. Et lorsque je suis venue vous voir dans votre bureau, vous me l'avez confirmé, vous m'avez même dit : « ne mettez pas l'ordre, je mettrai le tampon. » Mais à quel ordre avez-vous mis mon chèque Henri ? Je ne manquerai pas d'aller vérifier. »

« Et pourquoi aurai-je fait cela ? De toute façon, je n'ai pas mis les pieds au magasin le jour de l'incendie, ni après d'ailleurs. »

Tout le monde se tuent un instant.

« Quelque chose me tracassait mais je ne savais pas quoi ! Et je peux vous dire Henri que vous mentez une fois de plus, dit Simone. Vous y êtes entré et la preuve est devant moi, cette photo de votre fiancée. Lors de ma venue au magasin pour vous payer, elle était sur votre bureau et si aujourd'hui elle est chez vous, c'est que vous ne souhaitiez pas qu'elle brûle. Marius, vous vous souvenez de cette photo ? »

« Oui elle était sur son bureau au magasin, personne ne pouvait y toucher. Il ne pourrait jamais se séparer de cette jolie photo où il embrasse sa fiancée. »

« Henri, il serait grand temps de nous expliquer ce qu'il s'est passé ? Vous aviez la clé, cette photo au magasin qui est chez vous maintenant, ce compte inconnu, les virements sur votre compte bancaire, les signatures de chèques, ça fait beaucoup !!!! » Henri baissa la tête.

« Tout a commencé lorsque j'ai rencontré Margot, elle habite Paris et elle a des goûts de luxe et mes revenus ne lui suffisent pas.

Elle voulait que je change de voiture, que je vende ma maison d'Angoulême pour en acheter une sur Paris. Elle est tellement snobe que je ne pouvais plus m'arrêter de voler dans la caisse du magasin, mais je l'aime tellement. Je suis désolé Marius, je ne voulais pas ça. »

« Est-ce-que vous êtes désolé pour Léon ? » demanda Emilien.

« Oh que oui !!! Quand ma directrice d'agence m'a dit qu'elle convoqué Marius pour lui expliquer la situation bancaire, je savais qu'il allait découvrir des choses bizarre et que la directrice lui aurait demandé des preuves, factures, ventes, commandes……. J'ai commencé à mettre le feu au meuble pour détruire toutes les traces de facturations clients. Tout était prêt, j'ai allumé, la fumée débutait et j'ai voulu partir mais Léon a dû voir la fumée en passant et il est entré. Il m'a surpris et sans réfléchir j'ai voulu l'assommer. Mais lorsque je l'ai frappé, il est tombé et ne s'est pas relevé. J'ai eu des remords alors j'ai appelé les pompiers anonymement. Avant de partir, j'ai pris la photo de ma fiancée qui est là maintenant. »

« Henri Gloutre, je vous arrête ! »

« Un instant dit Simone, les assurances pour trois contrats que comptiez-vous faire ? »

« En mettant le feu, j'effaçais toutes les preuves qui m'incriminaient et Marius recevait une somme d'argent importante pour se remettre à flot. Quant aux deux autres vous allez le découvrir, c'est moi qui les ai signés. Je comptais empocher l'argent et partir sur Paris rejoindre ma fiancée. »

« Allez, emmenez-le ! » dit Emilien à Gaston et Jean.

« Quel gâchis !!! » s'offusqua Simone.

« Rentrons ! » dit Archibald. Et tous partirent de la maison d'Henri.

Chapitre 6

Une semaine plus tard chez Simone tous les habitants se réunirent pour l'aider à faire ses vendanges. On entendait dans les vignes, les habitants rigoler, parler de tout et de rien. Georgette arriva.

« HA NON !!!! Pas elle ! » dit Simone, « elle sait que je ne veux pas qu'elle vienne sur mes terres. »

Archibald et Emilien qui se tenaient à ses côtés lui dirent :

« Simone, c'est moi qui lui est demandé de venir » dit Archibald, et « j'ai dit à Archibald que c'était une bonne idée » répondit Emilien.

« Je veux qu'elle parte, et de ce pas » s'écria Simone.

« Maman, c'était ta meilleur amie ! Je ne comprends pas, que lui reproches-tu ? »

« Tu n'as qu'à le lui demander, elle le sait !!! »

« Malheureusement non Simone, rajouta Archibald. Je lui ai posé la question et elle-même ne sait pas. »

« Ho la bougre ! Quelle menteuse ! »

Georgette approcha, Simone regarda son fils et Archibald en levant son doigt.

« Faites ce que vous voulez mais si vous voulez qu'elle reste, qu'elle ne s'approche pas de moi et qu'elle ne vienne pas me parler » dit Simone en s'en allant.

Georgette s'approcha d'Archibald et d'Emilien. Voyant la colère de Simone, elle leur donna le gâteau qu'elle avait fait et se retira en disant à ses deux amis :

« Ce n'est pas grave, elle se calmera et un jour elle s'expliquera. Je ne comprends pas moi-même cette colère, mais je ne suis pas fâchée. » Georgette fit demi-tour et repartit.

Emilien lui courut après en lui disant :

« Georgette, je te promets de découvrir quel est le problème. »

Simone revenu en courant vers Georgette qui parlait avec Emilien, entre ses mains, elle tenait une fourche.

« Alors la Georgette, tu viens foute le bordelle sur mes terres ? » en brandissant sa fourche.

« Simone, tu es vraiment malade ! » s'exclama Georgette inquiète.

« Maman lâche cette fourche, c'est un ordre » cria Emilien.

« Mon drôle tu es mignon mais c'est entre moi et cette mégère. »

« Mais qu'est-ce que je t'ai fait pour que tu sois aussi méchante ? »

« Dis-moi la Georgette, on fait un méchoui ce soir, tu ne voudrais pas servir de viande ? Y'aurait de quoi manger ! J'ai juste à t'enfourcher ici, et le tour est joué » cria Simone tout en dirigeant la fourche vers son ventre.

Georgette prit peur et s'en alla en courant.

« Bon débarras !!! Cette mégère est partie » cria Simone.

« Maman, ça suffit !!! C'est quoi ton problème, tu n'as pas honte ? »

« Honte moi ? C'est elle qui devrait avoir honte. « Assez parlé, cela ne te regarde pas de toute façon » rajouta Simone à son fils.

Simone partie de pied ferme avec sa fourche en direction des habitants qui continuaient à vendanger lorsque Monsieur le maire arriva avec Anne Carmaux chez Simone.

« Tiens-donc que viennent-t-ils faire ici ? » s'étonna Simone.

Emilien qui leva les yeux à ce moment-là, vit au loin arriver Mr le maire avec Anne Carmaux.

« Ah oui étrange ! Mais je pense qu'Anne repart à Paris et qu'elle est venue dire au revoir. Bon débarras, quelle casse-pied celle-là ! »

Simone et Emilien s'avancèrent vers eux.

« Mr le maire, Mme Carmaux, que nous vaut cette visite ? »

« Je suis venu vous annoncé que Mme Carmaux va rester avec nous ici. »

« Comment ça, elle va rester ici ? » s'interrogea Emilien.

« Léon nous a quitté et vous avez besoin d'être secondé. Anne s'est proposée, nous nous sommes mis d'accord avec son service et sa hiérarchie et je vous présente donc votre nouvelle adjoint Emilien. »

Emilien pris un grand souffle en fermant ses yeux.

« Je croyais que nous étions des bouseux, que la campagne était ringarde ??? »

« C'est vrai je l'ai dit et pensé, mais depuis que je suis ici, j'ai découvert la nature, la tranquillité et des gens avec du cœur. »

« Vous êtes prête à vivre avec l'odeur du foin, les cloches de l'église qui sonnent toutes les demi-heures, un coq qui chante tôt le matin, des vaches qui meuglent, des tracteurs qui roulent doucement sur la route et des gens qui parlent le patois !!! »

« J'ai envie de découvrir et d'apprendre. Paris c'est une vie à 100 à l'heure, j'ai besoin de me ressourcer. »

« Génial ! Maman va me chercher ta fourche, je crois qu'en effet nous avons besoin d'un peu plus de viande ce soir ! »

« Mais ça va pas mon drôle, tu perds vraiment la tête » dit Simone.

« Ol'est la poêle qui se fout du chaudron »[14] dit Emilien étonné. « C'est bien toi tout à l'heure qui voulait enfourcher ton amie ? »

« Ha mais non mon drôle, tu n'y est pas, c'est pas pareil. Tu comprends, ce n'est pas pa-reil. Tu confonds tout, tu mélanges tout » dit Simone d'un air malicieux.

« Bon ! Nous allons devoir travailler ensemble, alors autant faire la paix. »

Emilien tendit sa main vers Anne et tous deux se serrèrent la main en gage de paix.

« L'apprentissage commence maintenant, nous vendangeons, un coup de main ne serait pas de trop » dit Emilien.

Tous deux partirent vers les vignes en parlant.

« Vous savez que c'est moi qui vais commander ! » dit Emilien.

« Oui mais j'aurai mon mot à dire, je serai votre second » rétorque Anne.

---

[14] *Ol'est la poêle qui se fout du chaudron* : *C'est l'hôpital qui se moque de la charité.*

« Il faudra arrêter de m'appeler Columbo et m'écouter ! » fit Emilien.

« Oui mais vous ne pensez pas comme moi............ » rétorqua Anne.

« Ah parce que vous, vous êtes plus intelligente que moi ? » S'étonna Emilien.

Le ton monta.

« Je n'ai pas dit ça ! Mais je devrais être au-dessus de vous avec mon grade » cria Anne.

« Comment ça ? » s'étonna Emilien.

« Ho et puis ça suffit, vous êtes vraiment insupportable comme paysan » s'écria de nouveau Anne.

« Moi paysan ? Et vous la susceptible parisienne » rajouta Emilien.

Simone et Mr le maire qui les regardaient s'éloigner en les écoutants, rigolèrent.

« On n'en a pas fini avec eux !!!! » dit Mr le maire.

Oh oui je pense que ça va être croustillant » rajouta Simone.

« Vous prendrez bien un p'tit canon Mr le maire ? »

« Avec plaisir Simone ! »

FIN

Définition Patois

[1] a's mouche pas avec un dail : *Elle est bien fière*
[2] cette Thiau fumelle : *cette vieille mégère*
[3] Beun'aise : *heureux/à l'aise*
[4] Aille donc : *ce n'est pas possible*
[5] Ol'est ben vré : *c'est exact/ c'est vrai*
[6] Les monghettes : *des haricots blancs*
[7] bonjhourte : *bonjour*
[8] Baignassouts : *touristes*
[9] beurouette : *brouette*
[10] O l'avait d'la fagne, et la beurouette a veursé : *il y avait de la bouse et la brouette a chaviré.*
[11] sincer : *serpiller*
[12] rabouziné : *ratatiné*
[13] rabale tes gueuille : *dépêche toi*
[14] Ol'est la poêle qui se fout du chaudron : *C'est l'hôpital qui se moque de la charité*